Pedro Antonio de Alarcón

Soy, tengo y quiero

Barcelona 2024
Linkgua-ediciones.com

Créditos

Título original: Soy, tengo y quiero.

© 2024, Red ediciones S.L.

e-mail: info@Linkgua-ediciones.com

Diseño de cubierta: Michel Mallard.

ISBN rústica: 978-84-9816-389-6.
ISBN ebook: 978-84-9816-918-8.

Sumario

Brevísima presentación

La vida

Pedro Antonio de Alarcón (Guadix, Granada, 1833-Madrid, 1891). España. Hizo periodismo y literatura. Su actividad antimonárquica lo llevó a participar en el grupo revolucionario granadino «la cuerda floja».

Intervino en un levantamiento liberal en Vicálvaro, en 1854, y —además de distribuir armas entre la población y ocupar el Ayuntamiento y la Capitanía general— fundó el periódico La Redención, con una actitud hostil al clero y al ejército. Tras el fracaso del levantamiento, se fue a Madrid y dirigió El Látigo, periódico de carácter satírico que se distinguió por sus ataques a la reina Isabel II.

Sus convicciones republicanas lo implicaron en un duelo que trastornó su vida, desde entonces adoptó posiciones conservadoras. Aunque no parezca muy ortodoxo, en el prólogo a una edición de 1912 Alarcón es considerado un escritor romántico.

Soy, tengo y quiero

I. La musa

Yo gusto de los poetas que no tienen un cuarto.
De las niñas pálidas y bellas que montan sobre su nariz unos aristocráticos quevedos.
De las tardes de otoño si hubo tormenta por la mañana.
Y de una ópera de Bellini oída desde el paraíso del teatro Real.
Pues este paraíso, como todos los prometidos en las religiones de que me acuerdo, es el consuelo de los pobres.
Y las tardes de otoño recuerdan al hombre la muerte.
Y las niñas con anteojos son muy coquetas. Y la pobreza pone al genio en su carro de dios terrenal. Divinidad, coquetismo, muerte y consolación y demás cosas mencionadas que soy, tengo y quiero.

II. Alonso Ídem

Alonso Alonso vive en Madrid.

Su musa (porque todo poeta tiene su musa, y Alonso Alonso
es poeta) lo encontró un día en la calle de Fuencarral.

—Adiós, Alonso... —dijo la musa.

—Adiós, muchacha... —contestó él.

—¿Adónde vas?

—A cualquier parte.

—¿Qué tienes?

—Voy muy triste.

—¿Por qué?

—Porque me aborrezco.

—¡Siempre lo mismo!

—¡Hoy más que nunca! Vengo de estar solo en el Paseo
del Prado entre dos o tres mil personas.

—¿En qué trabajas?

—En nada.

—¿Por qué!

—Porque no tengo dinero.

—Razón de más para que trabajes.

—No tengo tiempo.

—Pues ¿qué haces?

—Pensar en que no tengo dinero.

—Compón una comedia.

—¿Y entre tanto?

—¿Qué importa? Comerás o ayunarás tantas veces como
ayunarías o comerías sin componerla.

—Pero ¿la comprarás tú luego?

—Yo no. ¡Harto hago con hallar quien compre las qui-
sicosas que tú te desdeñas en escribir; como, por ejemplo,
la historia de esta conversación, que escribirá cierto amigo

tuyo. Pero, si tu comedia es buena, no faltará un teatro que la represente.

—Te equivocas, musa. Los empresarios me odian tanto como yo desprecio al público.

—¿Y por qué te odian los empresarios?

—Porque he sido crítico.

—¿Y por qué desprecias al público?

—Porque el público no desprecia a los empresarios.

—Haz un tomo de poesías...

—No las quiere de balde ningún editor, ni el pueblo las lee aunque le den dinero encima.

—¿Qué piensas, pues, hacer?

—¡Nada! He dedicado mi juventud a una carrera demasiado ilustre, a las bellas letras, y mi huéspeda conviene conmigo en que no produce la literatura lo bastante para comer; de lo cual me alegro, porque odio a los lectores y a mi huéspeda tanto como me aborrezco a mí propio.

—Entonces... solicita un destino.

—¡Seis mil pretendientes hay en Madrid esperando una vacante! Además, yo aborrezco también al Gobierno.

—En ese caso, escribe un periódico de oposición...

—¡No tengo opinión política, y aborrezco por igual a todos los partidos!...

—Forja tú uno nuevo...

—No me gusta mentir.

—Busca una novia rica y cásate...

—No puede ser.

—¿Por qué?

—Porque estoy enamorado de una mujer que no me amará nunca.

—¡Al fin amas algo! ¿Quién es ella?

—La marquesa de *** ...

—¡Pobre Alonso! —exclamó la musa.

—¡Maldita sociedad! —exclamó Alonso—. Figúrate una mujer pálida, bellísima, de risa despreciativa, atrevido peinado y talle delicioso... Añade, para colmo de tortura, unos impertinentes quevedos sobre su nariz delicada; una cara que se levanta con osadía para mirar por los lentes; una mano fina que cae a lo largo del cuerpo; una mirada que nunca se fija, que todo lo desdeña... ¡Oh! Y el lacayo de esa mujer será acaso mi pariente, mi amigo... ¡Y esa mujer no puede ser mía! ¡Desesperación! Pues que ella no pertenece a la región de mis deseos, al mundo de mis esperanzas, ¿por qué hace gala ante mí de unos tesoros que no me ha de conceder?... ¡Tanto valiera enseñar pan a un mendigo y rehusárselo enseguida! ¡Ni pasión ni virtud reconozco en vos, señora marquesa!... ¡Tenéis mal corazón! ¡Dios os pedirá cuenta del mal que hacéis!

El joven calló: la musa meditó un momento y dijo con gravedad:

—¿Crees en el infierno, Alonso?

—No.

—Pues ahórcate.

—Lo pensaré.

Dijo, y se alejó hacia la Red de San Luis.

A poco se volvió para preguntar a la musa:

—¿Y tú, chica, crees en el infierno?

—Yo creo en ti —contestó la musa. Y le volvió la espalda.

Así hacemos todos con los poetas.

Y así viven, sienten y piensan casi todos los poetas hoy en día.

¡Y así anda la literatura!

Por lo cual, a esto que yo estoy escribiendo con sujeción al último figurín literario de Francia se le hace el honor de publicarlo en letras de molde...

¡Quién me lo dijera cuando estudiaba el Arte poética de Horacio!

III. Otra vez la musa

El autor y Alonso Alonso tienen una misma musa, como po-
drían tener una misma lavandera.

Deseoso, pues, de saber qué había sido del melancólico y des-
esperado poeta, llamó el autor una tarde a su musa y entabló
con ella el siguiente diálogo:

El autor. Responde, diosa: ¿qué es de Alonso Alonso?

La musa. ¿Alonso Alonso?... ¡Ah! (Fingiendo que se des-
maya.) El autor. Cuéntame, y déjate de melindres...

La musa. Ayer al mediodía hubo tormenta en Madrid... El
autor. ¡Gran noticia, musa!

La musa (imperturbable). Y, por consiguiente, Alonso
Alonso pasó la tarde en el campo. Yo estuve con él porque
me evocó tres veces con las lágrimas en los ojos...

«Paseábase tu amigo por la Montaña del Príncipe Pío as-
pirando los efluvios eléctricos que la tempestad había deja-
do en la atmósfera, y el viejo corazón del niño se dilataba
queriendo absorber océanos de ambiente. Alonso Alonso era
feliz porque pensaba en muchas cosas tristes: en los siglos pasados, desvanecidos como humo; en su existencia y sus pena-
lidades, que se desvanecerían como los siglos pasados; en los
amigos que había perdido; en las mujeres que había amado;
en la brevedad de la vida y en las ridiculeces de que está po-
blada; en la vanidad de la ciencia, en la nada de la ambición;
en toda esta comedia, en fin, que representáis sobre la tierra.
¡Entonces Alonso era grande, rico, feliz, sabio, rey, ángel! Su
imaginación abarcaba el universo entero. Aquella agonía de
la Naturaleza le representaba el término de sus dolores. La
caída del Sol le hablaba de su vejez, a que no llegaría; de su
muerte, que no lloraría nadie... Quedó, pues, abismado en
una extática somnolencia, que ya no era la vida: su alma ha-

bía huido de nuestro globo: no tenía conciencia de sí mismo, ni sabía dónde se encontraba: ¡era libre!...

»De pronto... (ya había anochecido) siente el crujido de un traje de seda La forma de una mujer se destaca en los cielos, y quedan tras ella mil astros, invisibles a los de Alonso. La aparición se acerca; siéntase junto al joven, y rodea su cuello con los brazos.

»Alonso reconoce a la marquesa de ***, a la señora de los quevedos... Cree que se vuelve loco; cree que sueña; cree... ¡hasta en un milagro!

»A la primera palabra de la beldad arroja Alonso tan brutal carcajada, que rueda sobre la tierra como herido de un rayo, y la visión huye, riéndose también... Era la Traviata!...»

El autor. ¡Diosa, tú deliras; tú me engalas; tú me cuentas imposibles! ¡Esto no es literatura!... Esto es un galimatías... ¡Siento muchísimo tener que publicar las extravagancias que me inspiras hoy!...

La musa. Te cuento la verdad. Alonso se había dormido sobre el banco, y su aparición era un sueño de poeta... de los de ahora.

El autor (con desaliento). Prosigue, musa.

La musa. Perdida aquella suprema ilusión, creyendo que había sido un sarcasmo de la suerte, viéndose tan pobre y tan solitario, recordó que el Canal estaba próximo, se dirigió a él con firme propósito de suicidarse...

Llegó a la pradera. La noche estaba espléndida. Los árboles, rejuvenecidos por la lluvia, exhalaban acres y vigorosos perfumes. Los astros, más que mundos tan infelices como el nuestro, parecían faros del puerto de la bienaventuranza. El último reflejo vespertino, semejaba el broche de oro del manto de las tinieblas...

(La musa se entusiasma, pierde los estribos y se pone a hablar en verso, plagiando una poesía del autor que no le había inspirado ella, sino otra musa rimadora de oficio que tuvo antes.)

Mas no penséis por esto, provincianos,
que el lugar de esta escena
es un edén... Los pobres cortesanos
moran en cierta orilla nada amena
de un arroyo que emigra los veranos...
Clorótica parece o pervertida
Naturaleza allí: pálido arde
el Sol, como cansado de la vida;
es la vegetación pobre y cobarde,
flaca la aurora, cual mujer perdida,
y, cual vieja soez, sucia la tarde.
¡Oh, bien hayan tan lejos de los hombres
y tan ocultos a los madrileños
los países sin pueblos y sin nombres
que abriga la feraz Sierra Morena!...
¡De los montes rondeños
bien hayan las augustas soledades,
y la tierra fructífera y amena
que sirve de colchón y almohada
a Jaén, a Sanlúcar y a Lucena
o a Córdoba, a Sevilla y a Granada!

El autor. Señora musa, quisiera que, en vez de hablar de geografía, me hablase usted de Alonso Alonso.

La musa. ¡Yo hablo de lo que quiero!

El autor. Entonces, para, nada la necesito... ¡Váyase usted!

La musa. ¡Insolente!

El autor. ¡Bachillera!

La musa. ¡Usted me llamará algún día!

El autor. ¡Yo! Pierda usted cuidado. Mañana pido turrón al Gobierno.

La musa. ¡Agur, ingrato, pérfido, materialista!...

El autor. ¡Vaya usted con Dios, señora!

IV. El autor toma la palabra

Entre éstas y las otras, querido lector, han dado las cuatro y media de la mañana.

El alba se ríe de mí, asomando su rubia cabeza por el ajimez oriental del palacio de la noche.

El reflejo del lucero matinal viene a poner más blanco el papel en que escribo. La luz de mi lámpara empalidece como una virgen moribunda o como un disoluto arruinado.

Por el balcón de mí gabinete entra un aire frío y ligero como un beso de hipócrita.

Las estrellas desaparecen poco a poco, como esos jeroglíficos misteriosos que el tiempo borra de las pirámides egipcias.

La Luna se ha ido a América: acaba de ponerse aquí y va a aparecer allá como una actriz que, terminada la función de la tarde, se viste para la de la noche. Esta es la hora en que las niñas de Andalucía que han trasnochado pelando la pava dicen a su novio: «Adiós...», y cierran la reja, procurando al hacerlo ponerse muy bonitas, a fin de que se vaya lo uno por lo otro.

Esta es la hora en que los estudiantes que han pasado las vacaciones en su aldea llegan al lecho de su madre y le dicen: Me voy... A lo que contesta la madre, ocultando la cabeza entre las sábanas: ¡Adiós, hijo de mi alma!... Después de lo cual el estudiante sube, llorando, en un burro que lo lleva a la Universidad.

Esta es la hora en que van a venir de la imprenta a buscar el presente artículo... Esta es la hora en que el enfermo se duerme, o se muere, y en que el enfermero, dormido también, retarda veinte minutos la poción más importante.

Hasta el sabio que vela sobre los libros da una cabezada al llegar esta hora... En cambio, el sereno despierta y se va a su casa...

Entre tanto, el arriero y el campesino echan el aguardiente... El jugador hace el último arqueo...

El adúltero baja por el balcón...

Y el escudero de Marte canta tres veces en el corral porque san Pedro negó tres veces a Cristo...

¡Buenos días, lectores; voy a acostarme!

El autor (al tiempo de dormirse) ¿Qué habrá sido de Alonso?... ¿Se suicidaría?... ¡Pobre... muchacho!... (El autor se duerme.) Madrid. 1854

Libros a la carta

A la carta es un servicio especializado para
empresas,
librerías,
bibliotecas,
editoriales
y centros de enseñanza;
y permite confeccionar libros que, por su formato y con-
cepción, sirven a los propósitos más específicos de estas ins-
tituciones.

Las empresas nos encargan ediciones personalizadas para
marketing editorial o para regalos institucionales. Y los in-
teresados solicitan, a título personal, ediciones antiguas, o
no disponibles en el mercado; y las acompañan con notas y
comentarios críticos.

Las ediciones tienen como apoyo un libro de estilo con
todo tipo de referencias sobre los criterios de tratamiento ti-
pográfico aplicados a nuestros libros que puede ser consulta-
do en Linkgua-ediciones.com.

Linkgua edita por encargo diferentes versiones de una
misma obra con distintos tratamientos ortotipográficos (ac-
tualizaciones de carácter divulgativo de un clásico, o versiones estrictamente fieles a la edición original de referencia).

Este servicio de ediciones a la carta le permitirá, si usted
se dedica a la enseñanza, tener una forma de hacer pública
su interpretación de un texto y, sobre una versión digitaliza-
da «base», usted podrá introducir interpretaciones del texto
fuente. Es un tópico que los profesores denuncien en clase
los desmanes de una edición, o vayan comentando errores de
interpretación de un texto y esta es una solución útil a esa
necesidad del mundo académico.

Asimismo publicamos de manera sistemática, en un mismo catálogo, tesis doctorales y actas de congresos académicos, que son distribuidas a través de nuestra Web.

El servicio de «libros a la carta» funciona de dos formas.

1. Tenemos un fondo de libros digitalizados que usted puede personalizar en tiradas de al menos cinco ejemplares. Estas personalizaciones pueden ser de todo tipo: añadir notas de clase para uso de un grupo de estudiantes, introducir logos corporativos para uso con fines de marketing empresarial, etc. etc.

2. Buscamos libros descatalogados de otras editoriales y los reeditamos en tiradas cortas a petición de un cliente.